KB119498

오늘, 나를 위한 꽃을

오늘, 나를 위한 꽃을

오유미 지음

위즈덤하우스

매일 꽃 앞에 무릎을 꿇고 마음을 다해 사랑하고 있다. 잘 바라
보고, 그 시간을 상상하고, 다듬고, 자르고, 찢고, 꺾고. 나의 일
은 내가 가장 사랑하는 꽃을 자르고 꺾고 찢고 보내는 일이다. 감
탄하며 맞이하고 감탄하며 보내는 일. 이 과정은 늘 반복되고, 늘
변한다. 이 정도면 충분한가 싶다가도 너무 짧아 아쉽다. 이 순간
들을 나눌 수 있다면 아쉽지 않을까.

꽃의 짧은 수명처럼 짧은 나의 문장들을 엮었다. 잠시 잠깐의
순간에서 피고 지는 충실함처럼. 꽃잎 사이에 이야기를 숨기고
나누고 보낸다.

chapter 1.

나에게 언제나 꽃

매일 감탄하는

양귀비

매일 보는 꽃이지만 가끔 넋 놓고 감탄한다. 어쩌면 이 꽃잎은 이
렇게 얇고 아름다울까. 어쩌면 빛이 나는 것처럼 눈부실까. 마치
처음 보는 것처럼 놀랍고 신기하다.

꽃 모닝

수선화

동트기 전 따뜻한 이불을 박차고 일어나 채비를 하고 나온다. 어두운 거리를 헤치고 아름다운 꽃들을 가득 사서 오차원으로 간다. 그날의 가장 신선하고 좋은 재료를 찾는, 새벽 수산물 시장의 셰프가 된 것처럼. 벌레를 잡으려 일찍 일어난 새처럼.

조용히, 잔잔하게, 온전히

여름 풀들로 만든 테이블 장식

조용한 시간이다. 풀과 가지 그리고 나밖에 없다. 창을 통해 들어오는 부드러운 햇살, 조용한 음악, 숨소리, 가끔 지저귀는 새소리. 그렇지만 어느 순간보다도 격양된다.

줄기를 자르고 꽂는 것은 집중력을 요한다. 다도茶道와도 통하는 것 같다. 예전에는 꽃꽂이를 무사들이 했다는데 그와 통하지 않을까 싶다. 다른 수련을 해 본 경험은 없지만, 꽃을 만지는 것은 비움을 수련하는 것 같다. 거창한 깨달음을 바로 얻진 않지만 그 순간에 온전히 집중하게 된다. 주변의 모든 것이 잔잔해지고, 과정이 중요해진다. 아름다움 자체에 집중하고 상념을 잊는 깊은 집중의 시간이 된다.

가만히 바라보면

사람의 얼굴이 모두 다르듯, 같은 종류의 꽃이라도 하나하나 살펴보면 모두 다른 생김새를 하고 있다. 꽃잎의 크기, 수술과 꽃받침의 모양, 줄기의 기울어짐, 어느 것 하나 완전히 같은 것은 없다. 어떻게 쓰는지에 따라 분위기도 많이 바뀐다. 그 점이 제일 재미있다.

어김없이 작약의 계절

작약

흰 작약. 계절마다 돌아오는 꽃들이 있다. 하우스에서 재배하지 않고 노지에서 자라는 꽃일수록, 온도에 예민하거나 하우스 재배가 어려운 꽃일수록 어떤 계절에만 볼 수 있다.

그래서 이 계절을 기다리게 된다. 매번 이 봄의 작약 앞에서는 속절없이 감탄밖에 할 수가 없다. 어떻게 이렇게 힘껏 피어 버리는지.

안녕, 반가워

천인국

테이블 위에서만 만지던 꽃을 다른 장소에서 만나면 무척 반갑다. 소리라도 지르면서 안녕이라고 인사하고 싶은 기분이다. 꽃시장에서 꽃을 사 와 오차원의 나무 테이블 위에서 만지면서 슬며시 하게 나의 정원을 상상하곤 한다. 그 상상의 정원이 눈앞에 펼쳐졌을 때의 감격과 부러움이란!

여름에 런던의 잘 가꾸어진 한 정원에서 마주친 꽃. 천인국.

주변을 둘러보면

덩굴장미 / 코스모스와 백일홍

주변을 둘러보면 생각보다 많은 꽃이 있다.

봄이 오면 우리가 기다리는 벚나무 외에도, 길에서 흔하게 볼 수 있는 공조팝나무, 비슷한 시기에 생김새도 비슷한 설유화, 겹설유화. 점점 조경수 비중이 늘어나고 있는 흩날리는 이팝나무, 도시의 조경으로 심어둔 튤립과 주민센터 앞의 단골손님 팬지.

좀 더 따뜻해지면 여름의 초입에서 덩굴로 피어나는 들장미들, 본격적인 여름이 되면 수국과 목수국(불두화), 백묘국, 코스모스, 강아지풀. 그리고 드라마틱하기 이를 데 없는 능소화!

가을에는 단풍, 마가목 열매, 늦더위 같은 해바라기, 학교 화단에서 익숙하던 국화과의 꽃들.

겨울에는 주목, 편백, 측백, 가문비나무, 향나무 등 침엽수들과 열매, 마른 가지들, 빨간 포인세티아…… 이름만 늘어놓기에도 한참을 이야기해야겠지.

　가끔 수강생분들로부터 예전에는 바깥에 꽃이 이렇게 많은지 몰랐다며 요즘 길의 꽃들이 참 예쁘다고, 이름을 몰랐던 때에는 그냥 지나쳤던 꽃들을 이제는 조금 더 시간을 들여 바라보게 된다는 말을 듣곤 한다. 나도 그랬고 지금도 그렇다. 괜히 신호대기에 걸려서도 횡단보도 옆 화단에 이상하게 심어진 튤립들이 귀엽고, 강변북로의 아무도 보지 않을 것만 같은 곳에서 열심히 꽃피우는 붉은 장미들에 감동한다. 아무리 바빠도 시선에 꽃을 담을 시간이 있었으면 좋겠다.

향기에 취하다

히아신스

어릴 때 히아신스에 얽힌 그리스 신화를 좋아했다. 태양신 아폴론과 바람신 제피로스가 모두 히아킨토스Hyacinthos라는 소년을 좋아했다. 아폴론과 히아킨토스가 사이 좋게 원반던지기를 하고 놀자 제피로스가 질투가 나서 던진 원반에 히아킨토스가 머리를 맞아 죽고 그 자리에 흐른 피가 히아신스가 되었다는 이야기. 물에 비친 제 모습을 보고 빠져 죽은 나르키소스의 환생이라는 수선화도 향기가 엄청나서 이 향에 취해 죽을 수도 있겠다 싶을 때가 있는데, 히아신스 역시 이렇게까지 미인이었을까 잠깐 생각해본다. 그리고 히아신스 향기가 가만히 퍼지도록 둔다.

이름을 몰라도 나비를 떠올려

호접란

잘린 꽃 모양이 꼭 나비 같다. 호접란. 호접蝴蝶이 나비의 한자어
라는 것을 말하지 않아도 나비 형상이다. 꽃을 다듬다가 툭 떨어
진 호접란 한 송이를 손에 가만히 올려 본다. 이 꽃의 이름을 알
지 못하더라도 나비를 금방 떠올릴 것이다. 나비를 보면 또 호접
란을 떠올리겠지.

꽃을 곁에 둔다는 것

스카비오사

꽃은 그 자체로도 아름답지만 그 주변을 아름답게 하기도 한다. 꽃을 곁에 둔다는 것은 꽃 생김새 그 자체를 감상하는 것에 더해서 꽃의 줄기, 잎사귀, 그의 그림자마저도 사랑하게 된다는 의미이기도 하니까. 하루 중 어떤 시간에는 한 줄기 빛이 들어와서 이렇게 아름다운 그림자를 남긴다.

밝은 부분도 분명 아름답지만 어두운 부분에는 더 많은 이야기가 있다. 그림자 속에 담기는 시간, 감정 그리고 빛. 그림자는 빛을 담고 말없이 색과 형태를 담는다.

때로는 그림자 속에 있는 것이 편하다. 이 빛이 닿게 된 여정, 당신과 내가 만나게 된 이야기, 그리고 곧 떠나보내야 하는 아쉬

움이 모두 이 속에 있다. 그리고 마음이 복잡할 때 잠시 내려놓고
호흡을 가다듬을 여유까지.

나의 일 1,
자리를 찾는 것

달리아와 아스틸베, 코스모스와 제라늄으로 만든 센터피스

한 송이 한 송이, 한 줄기 한 줄기를 살려서 꽂는다. 적당한 자리에. 적당한 위치에. 적당한 길이로. 그러다 보면 무엇이 적당하고 무엇이 그렇지 않은지 고민하게 된다.

적당하다는 것은 무엇일까? 이 꽃의 자리는 원래 다른 곳이진 않을까. 혹시 내가 잘못된 자리에 이 꽃을 가져다 두는 것은 아닐까.

초록 잎사귀 위에 붉은 가지, 붉은 꽃, 좀 더 옅은 꽃, 작은 꽃, 큰 꽃…… 얼기설기 어우러지게 한다. 애초에 모두 다른 곳에서 왔을 것들을 한데 꽂고 섞는다. 그러나 그 자리를 빼앗지 않고 각자에게 꼭 맞는 자리를 찾아갈 수 있게 온 힘을 다해서.

무엇이든 '적당하게'가 제일 어려운 법이다. 욕심을 조금 내면 넘치고, 많이 내면 모자란다. 비울 곳은 비우고, 채울 곳은 채우고. 어렴풋하게 그리던 이미지를 구현해 나간다.

나의 일 2,
형식을 확립하는 것

미모사와 헬레보루스, 편백나무 가지

이 가지를 길게 둘 것이냐 짧게 자를 것이냐 잎을 많이 달아 둘 것이냐 열매를 사용할 것이냐 아니면 잎을 다 떼어 내고 가지만을 사용할 것인지 결정한다.

커다랗게 핀 꽃을 선택할지, 작고 잔잔한 수수한 꽃들을 선택할지. 붉고 노란 꽃을 함께 쓸지 푸르고 희미한 색의 꽃을 함께 쓸지, 빳빳하고 큰 잎을 쓸지 작고 연약한 잎을 사용할지. 단단하고 곧은 가지와 제멋대로 자라 구불거리는 가지를 함께 쓸지.

이 모든 것을 나 혼자 결정한다. 가위를 들고 화병 앞에 서서 그 무엇보다도 엄숙한 얼굴을 하고.

나의 일 3,
숨을 고르고 길이를 가늠하고
거침없이 자른다

장미

잘라 버린 줄기는 어떤 경우에도 돌이킬 수 없다. 그렇다고 큰일이 나거나 완전히 끝나버리는 것은 아니지만(철사를 이용해서 연장하는 것은 또 다른 문제다).

숨을 고르고 길이를 가늠하고 거침없이 자른다.

나의 일 4,
시간의 겹이 쌓이면

공작초와 맨드라미, 장미, 마트리카가 들어간 연보라 다발

그렇게 집중과 집중의 시간이 겹치면 어느 순간 그 결정의 시간
이 짧아진다. 연습에 연습을 거듭한 피아니스트가 어떤 음을 내
고 한 곡을 연주할 때에 그의 뇌 활동을 지켜보면 뇌가 반응하는
속도가 일반인보다 훨씬 빠르다고 한다. 연습을 거듭했을 때 좀
더 편안해지고 불필요한 움직임들이 적어져서 속도가 빨라지는
것이다.

나의 일 5,
끝을 알 수 없는 이 세계

설유화와 라넌큘러스, 거베라

연습을 통해서 시간을 단축하고, 단지 속도가 목적인 종목은 아
니지만 시간을 단축하고 숙련되는 과정을 즐길 수 있다는 것.

점수나 숫자로 표현되지 않지만 끝이 없을 수 있는 이 연속적
인 세계.

나의 일 6,
함께하는 것

마른 장미

꽃의 생과 사를 지켜보는 것.
생과 사를 함께하는 것.
쓰임이 있게 하고 그 쓰임을 지속시키는 것.

가까이 봐서 좋은 것

클레마티스와 작약, 장미 외

가까이에서 보면 멀리서 볼 때와는 전혀 다른 모습을 하고 있을 때가 많다. 이 꽃잎의 굴곡엔 무슨 이야기가 있을까. 이렇게 아름다운 빛깔은 어쩌다가 갖게 되었을까.

꽃과 술

라넌큘러스와 카네이션

술을 마시고 취해서 기분이 좋아지는 것처럼, 꽃에도 취한다.
아름다움에 취한다는 건 얼마나 멋진지.

꽃은 그 자체로도
아름다운데

겹튤립

이렇게 아름다운데.
내가 감히 이 아름다운 꽃들을
전부 못 쓰게 만들어 버리는 것은 아닐까.

다르지만 같은

달리아

꽃과 풀의 세계. 유한하고 시들어 버리고 끝나 버리지만 계절의 반복처럼 다시 찾아오는 꽃. 작년의 달리아와 올해의 달리아. 이 봄의 튤립과 다음 봄의 튤립처럼.

항상 꽃을 떠나보내지만 또 매일같이 새로운 꽃을 만나는 셈이다. 전혀 다른 꽃일 때도 있지만 어제 봤던 그 친구가 오늘 또 돌아온 것처럼 느껴질 때도 있다. 어제의 달리아를 내가 분명 떠나보냈는데, 오늘 또 새로운 달리아를 만난다. 그리고 내년에도 만날 것이다.

이 잘라낸 꽃, 절화의 짧은 수명이 서로의 시간에 이어져 있는 것 같다. 어쩌면 비슷한 표정을 짓고 있는 전혀 다른 사람들이 서

로가 연결되어 있는 것은 아닌지 깜짝 놀라게 된다. 그리워하던
사람의 얼굴을 다른 이에게서 보는 것처럼.

야금야금, 차곡차곡

유칼립투스와 기린초, 과꽃 등 여름 풀과 꽃들

다람쥐가 도토리 모으듯
아름다운 꽃들을 오차원에 모은다.
아름다운 것들로 가득 찬 이곳에서
시간은 멈춘 것만 같다.

나의 작은 정원 오차원

장미, 천일홍, 히아신스, 라이스플라워 등이 있는 오차원

땅이 없는 나는 정원을 꿈에서 갖는다. 그리고 나의 작은 정원 오차원. 이곳엔 뿌리가 없는 꽃과 나무가 가득이다. 더 짧고, 더 아름다우며, 더 더 더 기억에만 존재할 곳. 나는 정원을 일구는 농부처럼 매일 꽃을 가꾸고 물을 비우고 닦고 쓸고 자르고 버리고 숨고 다시 가져오고 잎을 떼고 줄기를 자른다. 그리고 내 뿌리 없는 식구들은 여기저기로 당신들에게로, 오직 당신만을 위해 간다. 그리고 그곳에서 정원이 되었으면 좋겠다.

단순 작업의 묘미

스카비오사, 헬레보루스, 라넌큘러스 등

누구라도 단순 작업을 해 본 적이 있을 것이다. 봉투 붙이기나 속지 끼우기 같은 종이를 다루는 단순노동이라든지, 빨래 개키기나 다림질, 새끼꼬기나 도라지 다듬기 같은 것들을. 정신없이 하다 보면 상념을 잊게 되고 어느새 시간도 순식간에 흘러간다. 일을 다 마치면 몸은 고되지만 보람차다.

　꽃다발을 만들기 전에 잎을 제거하고 적당한 길이로 나누어 주고, 가시를 제거하는 과정도 그렇다.

아네모네

아네모네

아네모네는 바람꽃이라고도 불리는데, 아네모네라는 이름은 고대 그리스어에서 파생된 것으로 '바람'을 의미한다. 꽃이 섬세하고 바람에 의해 피고 지기 때문일지도 모른다.

그리스 신화에서 아네모네는 연인 아도니스의 죽음을 애도하는 아프로디테의 눈물에서 피어난다. 죽은 아도니스의 몸에 넥타를 뿌려 아네모네로 살려 냈다는 이야기도 있다. 아도니스는 아프로디테와의 연애를 질투하는 페르세포네와 아레스에 의해 죽었다. 그래서 '질투', '사랑의 허무함'이라는 꽃말을 갖게 된 듯하다. 사실 아네모네는 꽃말이 가장 많은 꽃이라고 한다. 이별, 배신, 속절없는 사랑, 사랑의 괴로움, 이룰 수 없는 사랑, 영원히 사랑할 거예요…… 주로 슬픈 내용의 꽃말이다. 그러나 마냥 부정적인 꽃말만 있는 것은 아니다. 그중에서도 흰 아네모네는 희망의 뜻도 있다. 보라색 아네모네는 악으로부터 보호를 상징한다.

그래서 아네모네를 보면 어쩐지 슬픈 인상이지만, 찬찬히 보다 보면 생기가 넘치는 것을 알 수 있다. 낮에는 피었다가 밤에는 오므린다. 필 때는 무서움 없이 활짝 끝까지 피고 진다. 이 생기가 어디에서 온 걸까 생각해 본다. 이미 죽어버린 사랑하는 이를 꽃으로 되살려 함께하고 싶은 마음은 얼마나 크고 간절했을까. 아마 거기에서 오는 강한 염원의 힘이 아닐까 싶다.

재미있는 사실 하나. 말미잘의 영문명은 Sea Anemone, 바다의 아네모네라는 뜻이다.

가끔 묻고 싶다

진달래

가끔 묻고 싶다.

당신은 어쩌다가 여기까지 왔나요?

언제나 조심스러워

장미와 리시안셔스, 자리공

아름다움 그뿐인 꽃을 내가 헤치지 않도록.

꽃에게 미안하지 않도록.

그날이 오지 않길

리시안서스

끝부분만 보라색인 리시안서스.

한없이 아름다워 그저 꽃을 쳐다만 보는 것으로 시간을 보낼 때가 있다. 매일 보는 꽃도 이렇게 아름답다. 어째서 이렇게까지 매번 감탄할 수 있을까. 이것이야말로 축복받은 것이 아닐까.

그러다가 어느 순간 이 감탄을 그치게 되는 날이 오지 않기만 을 바라게 된다.

꽃에 홀려 버려서

라넌큘러스

많이 묻는다. 하루 종일 아름다운 꽃들과 함께하면 너무 좋겠다고.

종종 좋고 항상 좋다. 어떻게 매일 봐도 질리지 않을 수 있는지, 매일 봐도 아름다울 수 있는지 신기할 정도다. 아름다운 꽃을 보고, 내 마음대로 꽃들을 조합하고, 줄기와 잎의 싱싱함을 마주하다 보면 기운이 없어도 기운이 난다.

그런데 그게 문제다. 기운이 너무 나서 하루 일을 다 마칠 때가 되면 기운이 없는데 기운을 냈던 것이 한꺼번에 몰려와서 정말 너무너무너무 피곤해진다. 온몸의 힘이 한 번에 다 빠져나가는 기분이다. 나는 아직 버려야 할 쓰레기도 많고 씻어야 할 꽃병도 많은데. 꽃에 홀려서 없는 힘을 다 써 버린다.

밤의 꽃

류베로사 / 코치아

햇빛이 찬란하게 내리쬐는 낮에 보는 꽃과 밤에 보는 꽃은 분명 다르다. 어두운 밤중에는 다른 것도 잘 보이지 않는데 꽃인들 잘 보일까. 그래도 도시의 가로등은 꽃과 풀을 비춘다. 주변은 너무 깜깜하고 현란한 광고판 불빛에 다른 것들은 보이지 않는 것 같은데도 거기에서 빛나고 있는 꽃을 마주한다.

가끔 꽃이나 풀에 기대어
잠들고 싶다

클레마티스 씨

푹신푹신한 클레마티스 씨는 민들레 씨처럼 바람에 날리기 좋은
먼지 덩이같이 생겼다. 그 모습이 너무 귀여워 눈에 띄면 사 와서
이렇게 둔다.

꽃이 이끄는 대로

리시안셔스와 스카비오사, 금귤 외

내 마음 탓일까. 계절에 따라 같은 꽃도 색이 더 깊어지는 듯 연해지는 듯하다. 꽃송이가 더 커지고 작아지고, 줄기가 길어지기도 하고 짧아지기도 한다. 꽃을 꽂다 보면 욕심이 과해지기 쉽다. 아름다운 것을 더 많이 갖고 싶은 것처럼, 어떤 날은 정말 과하고 넘치는 꽃 부자의 느낌으로, 어떤 날은 소박한 정원을 가진 정갈한 다도 선생님의 느낌으로. 넘치면 넘치는 대로 부족하면 부족한 대로.

　그렇게 꽃이 이끄는 대로.

사라지는 것들은 아름답다

마른 라넌큘러스

이 순간, 이 순간이 마지막이라고 생각했을 때 아름답다. 다시 돌아오지 못하는 곳, 다시 돌아오지 못하는 장면. 다시 만나지 못하는 인연, 마지막이었던 그 모든 아름다웠던 순간들.

만일 꽃이 시드는 것이 아니었다면, 나는 이처럼 마음 놓고 좋아할 수 없었을 것이다.

만일,
꽃이
시드는 것이
아니었다면

감탄

장미, 아스틸베, 용담초, 페니쿰 외

나는 일상에서 그렇게 많이 감탄하는 타입은 아니다. '진짜 맛있다' 이런 말도 '먹을 만하네요' 같은 어조로 말하고, 가끔 신나거나 취해서 들뜰 때는 있지만 대부분 '너무 좋다', '기절할 것 같다', '죽어도 좋다' …… 뭐 이런 극단적인 기쁨이나 경탄의 말을 이상적으로 쓰지 않는다. 그런데 꽃은 늘 예외다. '아, 무릎을 꿇고 싶다'라고 절로 생각하게 된다. 정말 이상한 일이다.

아 이 향기에 취해서 죽어도 좋겠다, 이런 말도 안 되는 감정은 도대체 어디에서 솟아나는 걸까? 꽃에 홀렸다고밖에는 설명이 되지 않는다.

반짝반짝

이베리스

소중함을 제때 알아보는 방법. 어디에 가서 배울 수 있지?

소중한 것을 소중하게 여기는 사람들과 함께 있으면 조금은 알 수 있지 않을까. 내가 소중하게 여기는 것을 소중하게 여겨 줄 사람이 그립다.

하루에 필요한
'아름다움의 양'이라는 것이 있을까?

여러 종류의 장미 다발

버릇처럼 아름다운 것들을 찾고, 곁에 두고 싶어 한다.

가까이에서 벌어지는 참혹하고 끔찍한 일이 얼마나 많은지 가리기 위해서가 아니라 그럼에도 불구하고 힘을 잃지 않기 위해서. 더 똑바로 눈을 뜨고 현실을 바라보기 위해서. 지쳐 쓰러지지 않고 앞으로 나아가기 위해서.

아름다운 것들은 계속해서 필요하다.

보기만 해도 배가 부르다

라넌큘러스

꽃을 다듬다 실수로 부러뜨리거나, 유통 중에 꽃대가 꺾이거나
해서 상하는 꽃이 생기기 마련이다. 모든 꽃이 소중하고 귀하지
만, 다 피지도 못하고 부러지는 것이 마음이 아프다. 그런 꽃을
잘 모아서 접시에 소복히 담아 보거나, 작은 물그릇에 띄워 두면
보기만 해도 배가 부르다.

죽음

시든 프리지어와 라넌큘러스

꽃이 시들었을 때 죽는다면,
나는 매일 죽음을 마주하고 있다.
곧 죽을 것들을 어루만지고 잘 묶고 입힌다.
그리고 당신에게 보낸다.

안녕

이것은 어쩌면 시체, 껍데기.

이미 죽은 것들.

안녕.

어떤 꽃은 시들어도
떠나지 않는다

싱크대 옆, 오렌지색 거베라

거베라

한 줄기 빛 같은 꽃.
주변을 밝히는 아름다움.
그냥 거기에 있는 것만으로도 조용하게 힘이 되는,
가장 약하고 강한 존재.

어두운 곳에
가느다랗게 빛나는

어둠 속에서 빛나는 줄기를 본 적이 있나요? 가느다랗고 주의 깊게 보지 않으면 보이지 않을 정도로 힘없고 약한 줄기를. 물을 끌어올리고 생명으로 가득 차 있습니다.

　어두운 곳에 가느다랗게 빛나는 제라늄 줄기.

꽃의 소리를 듣는 시간

장미와 태산목, 라벤더, 브루니아 외

고요함 속에서 꽃이 말을 건다면 당신에게 뭐라고 할까. 지금 나를 잘 보라고 할까, 너를 잘 보라고 할까.

이른 아침 오차원에서의 새 지저귀는 소리를 들으며 지난밤 꽃들이 건강히 잘 있는지 확인하고, 찻주전자에 물을 부어 끓이는 시간을 좋아한다. 주전자 소리가 요란해지면 음악의 클라이맥스를 듣는 기분이 든다. 작업하다 보면 우리던 차는 어느새 식어서 차가운 차를 마시게 되기 일쑤지만, 일련의 행동들이 나에게 분명 에너지를 불어넣어 준다. 침묵하는 시간. 그리고 꽃의 소리를 듣는 시간.

오차원을 떠올려 줘요

작약과 델피늄이 있는 오차원

꽃을 업으로 하니 곳곳에서 꽃과 관련된 이야기를 듣거나 꽃 사진을 받는 일이 많다. 필라델피아로 이사 간 지인이 산책하다가 주황 코스모스를 보고 내가 떠올랐다며, 오차원에서 꽃 수업을 함께했던 분이 스페인 여행 중에 성당을 가득 채운 작약 장식을 보고 오차원이 떠올랐다며 사진을 보내거나(사진에서 향기가 나는 듯했다), 도쿄에 사는 친구는 내가 놀러 갔을 때 한참 감탄하며 바라보던 미모사 나무를 계절마다 찍어 보내 주기도 했다. 솔방울이 떨어지면 솔방울 사진을, 벚꽃이 피면 벚꽃 사진을……. 주변을 지나다닐 때에도 여행을 가도 유독 생각난다는 말씀들에 마음이 따뜻해지고 다정해진다. 어디에서 꽃을 보든 오차원을 떠올려 줬으면.

귀 기울여 듣고 대답한다

붉은 라넌큘러스와 스카비오사, 색색의 장미

잠깐 또 가만히 쳐다보았다. 꽃을 시작한 것은 우연이었지만, 사실 꽃이 나에게 줄곧 말을 걸고 있다고 생각해 왔다. 꽃이 내게 말을 걸고 있는 것이 아니라면 무엇일지 잘 가늠할 수 없었다. 그렇지만 그 말을 알아들었다고 하기도 어렵다. 분명 어떤 소리다. 대답해야 하는 무엇이다. 가끔 꽃을 만지고 바라보는 모든 일들이 대답하는 과정이 아닌가 싶다.

고마워요

여행 중 만난 들꽃 / 기린초, 리시안셔스, 홍화와 여름 들꽃을 섞어 만든 꽃다발

'단번에 알아봤다'라고 말하고 싶지만 사실 오래도록 내 곁을 맴돌았고, 알아채지 못했던 무수히 많은 신호들이 존재할 것이다. 지나쳐 버렸던 담벼락의 잎사귀들, 벽돌과 벽돌 사이의 작은 풀들, 도로가의 헝클어진 꽃 덩굴들. 그리고 쉽게 생각했던 많은 꽃들. 떠나지 않고 거기에서 나를 기다려줘서 고맙다.

　예전에는 주변에서 보던 풀이나 풍경들에 관심을 갖긴 했지만, 그것을 내가 직접 자르고 들고 가까이 바라볼 것이라고 생각하지도 않았다. 그런데 이제 그것을 요리조리 살피고 엮어 하나의 꽃다발, 대상으로 만들어 내는 일을 하고 있어서일까. 그냥 길가에서 지나가면서 찍었던 풀 사진같은 것이 사실은 아무것도 아니었

던 것이 아니라, 그렇게 조금씩 쌓이고 가랑비에 옷 젖듯이 나를
조금씩 적셔서 지금은 이렇게 꽃다발도 풀다발도 만드는 것이 아
닌가 하는 생각을 한다.

그것은 찰나였고

여행지에서 만난 화단의 들꽃

꽃을 직업으로 삼겠다는 결심은 찰나였다. 그렇지만 오랜 시간 어떤 신호들이 쌓은 축적물이기도 했다. 보도블록 틈새로 핀 잡초들, 학교 담장에 핀 덩굴장미들, 도서관 벤치 위의 등나무, 주민센터 앞의 맨드라미, 횡단보도에서 신호를 기다리며 봤던 색색의 화단. 너무 열심히 돌아다녀 발이 아프던 여행지에서 잠시 쉬라며 나타나 준 것 같았던 들꽃들. 어디 가지 않고 차곡차곡 쌓여 있다. 이번에는 놓치지 않아야겠다고 생각했다. 계속해서 말을 걸어왔는데 나는 이번에야말로 알아본 것이다.

그저 꽃이었을 뿐

다빈치 장미

꽃은 그냥 꽃이었을 뿐 내 삶에서 그다지 커다란 부분을 차지하고 있지는 않았다. 그냥 어떤 날이나 어딘가에 초대받았을 때 조금 사 들고 가면 기분이 좋았을 뿐이었다. 특별히 수목이 우거진 마당이 있는 집에서 자라지도 않았고, 아름다운 정원을 가꾸는 할머니도 없었다. 어쩔 수 없는 사정이 생겨 일로 접하게 되었을 때에도 추운 겨울 차가운 바닥에서 몇 시간이나 장미 가시들과 싸우다시피 했기 때문에 힘들고 고단했다. 그렇지만 어딘가에서 작은 목소리를 들은 것만 같았다. 그리고 얼마 지나지 않아 이것은 바로 나의 것이 되었다. 물론 한 번도 소유할 수는 없었지만.

끝이 있는 것

다듬고 난 줄기들

꽃을 만지다 보면 이것이 무한하지 않고, 항상 끝이 있으며, 그 끝이 짧고, 금방이라는 점이 좋다. 꽃. 그러니까 나의 일. 동시에 꽃. 아마도 겁이 많아서, 끝나지 않는 일은 시작하기가 무서운 걸지도 모른다.

기도

달리아

꽃을 바라본다. 연약하고 무용하지만 한없이 아름다운 꽃은 신기하게도 그 결점투성이의 무결한 모습으로 나에게 고해하도록 한다.

그렇지, 꽃에 결점이 어디에 있겠나. 그래서 내 결점이 보인다. 꽃을 바라보다가 내가 잘못한 일을 반성한다. '그래 그렇게 뾰족하게 말하지 말았어야 했어. 그냥 넘겨 버려도 좋았을 일인데 괜히 들추었어. 모른 척하다니 비겁해. 미안하다고 말해야겠어.' 그리고 내 고백을 그 무결한 모습으로, 용서 아닌 용서를 구하며, 기도 아닌 기도를 올리게 만드는 이것은 바로 당신의 힘.

투명한 하늘색을 바라본다

락스퍼

한참 바라본다.
살결에 비친 핏줄 같다.
파란 꽃잎이 떨린다.

건조

마른 멕시칸 세이지 / 드라이 리스

인체의 70퍼센트는 수분으로 이루어져 있다고 했다. 꽃은 몇 퍼센트가 수분일까. 꽃은 물에 꽂지 않고 몇 시간만 두어도 말라 버린다. 바짝 마른 드라이플라워는 생생할 때보다 부피가 한참이나 줄어 있다. 사람도 말리면 미라처럼 바짝 줄어들겠지. 가끔 피곤이 몰려올 때면 입술이 바짝바짝 마르고, 내 몸도 바짝바짝 마르는 것 같다. 황태포처럼 말라 버리는 것 같다. 영혼이 빠져나가고 물기가 서서히 빠져서 말라 버리는 상태. 마르는 꽃을 보고 왠지 슬픈 기분이 드는 것은 나도 아마 마르는 과정이기 때문일지도 모른다. 그래도 물을 찾아 걸어갈 수 있다. 마르기 전까지 계속 물을 찾아서 수분을 보충해야지.

한 줄기 빛 같은 꽃
주변을 밝히는
아름다움.
가장 약하고
강한 존재

chapter 2.

당신의 하루에 꽃

여기는 오차원, 주문을 받습니다

유칼립투스와 은엽아카시아, 라넌큘러스와 작은 흰 꽃들

마구 자란 풀덤불 속에 숨겨져 있는 작은 흰 꽃.

오차원에서는 미리 만들어 둔 다발을 파는 일은 거의 없고, 주로 주문 제작으로 만든다. 나의 취향이 아주 많이 반영되긴 하지만. 주문을 받으면서 꽃을 받을 사람이 어떤 것을 좋아하는지, 혹은 어떤 꽃을 주고 싶은지 짧게나마 이야기를 나눈다. '아, 이 사람은 이런 것을 좀 더 좋아할 것 같아요', '제가 좋아하는 건 이것이니 이렇게 해 주시면 좋겠어요'라는 말을 머릿속으로 곰곰 생각해 보고 되뇌면서 하나의 다발을 만든다.

당신을 생각한다

'아름다운 것을 볼 때마다 당신을 생각한다'는, 그런 말을 전하는
꽃은 도대체 얼마나 아름다워야 할까.

가끔 꽃과 함께 메시지 카드를 적어 드리기도 한다. 아주 못 쓰
는 글씨지만 그리듯이 적는다. 꽃과 함께 보내는 카드에 '아름다
운 것을 볼 때마다 당신을 생각한다'라는 글자를 적으면서, 그런
말을 전하는 꽃은 도대체 얼마나 아름다워야 하는지. 내가 가진
아름다운 꽃들을 모두 모아 드렸다.

당신을 기다리는 풀들

여러 침엽수들

수업을 준비할 때면 재료를 화병에 나눠 담고 이 꽃을, 이 풀을 만날 이들의 얼굴을 상상한다. 떨리고 긴장되고, 즐겁다.

내 정원이 있어 손님을 초대한다면 이런 기분일까. 내가 심어 둔 꽃이 올해 아주 예쁘게 피었어. 보러 놀러 와. 나중엔 이런 초대를 꼭 하고 싶다. 내가 심은 꽃은 아니지만, 고심해서 고른 꽃을, 풀을 함께 만질 당신을 기다리는 마음.

당신이 꽃이라면

맨드라미와 갈대, 극락조

의외의 것을 두려워하지 않고, 처음 보는 것도 얼마 지나지 않아 자기 것으로 만들며, 부드러움과 날카로움이 동시에 있고, 전형적인 아름다움은 아니지만 어디에서도 눈에 띄고, 풍겨져 나오는 분위기가 독보적인. 목소리가 크거나 말을 많이 하지 않음에도 말이 멀리까지 전달되어 모두가 집중하게 되는 그런 당신.

아직 사랑이 있음을
확인한다

라넌큘러스, 프리지어, 에니고잔시스, 산수유 외

꽃을 안고 가는 사람의 얼굴. 아름답다고 연신 내뱉는 나직한 목소리들. 좋아하는 이가 좋아하는 것이 무엇일까 고민하는 일. 좋아하는 이가 좋아하는 것을 안겨 주고 싶다는 그 마음. 조심스럽게 단어를 고르는 일. 좋아하는 이가 좋아하는 얼굴을 상상하는 순간. 반짝이는 눈동자 같은 것을 보며.

화려한 가을을

두 종류의 백합과 맨드라미, 소국, 공작초 외

'나는 백합이 좋아'라는 말을 평소 무심결에 했을 수도 있겠지. 그 말을 꼭꼭 기억하고 있다가 백합을 넣은 화려한 다발을 주문하는 일. 그 마음에 맞는 다발을 만들어야지.

　백합은 즐겨 쓰는 꽃은 아니지만 특별히 요청이 있을 때면 쓰곤 한다. 아주 크고, 화려한데다 향기까지 화려하기 때문에 쓰기에 쉬운 꽃은 아니다. 그래도 백합을 넣을 때면 그 화려함이 엄청난 분위기를 만들어 낸다.

곧 시들어 없어질 것들

홀겹 스토크 / 마른 스카비오사

꽃을 볼 때에 곧 시들어 없어질 것이라는 생각이 들기 마련이다. 아마 꽃에 대해서 제일 많이 들은 말이 '꽃은 시들어 버려서 아쉽다', '얼마 보지 못해서 아쉽다'라는 말이다. 그렇지만 또 그런 점이 꽃의 매력이기도 하다. 꽃의 시간은 매우 응축되어 있다.

생화의 수명은 이틀에서 일주일, 길어도 보름. 그동안의 봉오리가 생기고 지고 떨어지고 시들고 썩는 과정을 겪는다. 도대체 영원한 것은 무엇이 있을까. 썩지 않는 플라스틱? 시들고 다시 썩어 없어지는 것들이 오히려 다행이라는 생각이 든다. 짧은 시간 안에서 오래 바라보고, 기억 속에 남아 있었으면 한다.

찰나의 순간이라도 그 속에서 발견할 수 있는 아름다움이 있길!

배운다

거베라, 줄리엣 장미, 리시안셔스, 화이트베리 외

아직 한참 부족하지만 오차원에서 나름의 꽃 꽂는 방식을 가르치고 있다. 매주 만나서 꽃을 만지고 꽂고 이야기를 나누는 시간은 내게 아주 각별하다. 꽃 선생님이라 불리면 쑥스러우면서도 어깨가 무거워진다. 그만큼 많은 것을 돌아보고 배우게 한다.

가르치면 더 많이 배운다는 말이 딱 들어맞는다. 이 시간은 누군가에게는 잊을 수 없는 처음일 수 있고, 누군가에게는 몇 년의 힘든 시기를 지탱해 나갈 수 있는 버팀목이 되기도 할 테니까.

계절의 변화에 따라 바뀌는 것이 많은 꽃의 세계는 아무리 반복해도 하나도 같은 것이 없다.

공식화하여 외우듯이 습득하는 것보다는 상황에 맞게 변경하

162

며 원하는 방향을 찾아 나가는 것이 좋다. 꽃의 방향과 줄기를 의도에 따라, 때로는 의도하지 않은 방향으로 사용할 수도 있어야 한다.

단지 기술만이 아니라 실생활에 응용 가능한 방법, 꽃을 바라보는 마음 같은 것을 나누고 싶다.

우리는 만나서
꽃과 빛에 대해 이야기한다

장미, 소국, 맨드라미와 가을의 꽃들

이렇게 다양한 색채와 모양을 나의 한 손에 잡을 수 있다니! 우리는 매주 같은 시간 만나 꽃과 빛을 이야기한다. 이보다 좋을 수가 없다.

주변을 아름다운 것들로 채우고

라넌큘러스, 튤립, 장미와 잔잔한 흰 꽃과 풀들

아름다움을 찾고, 주변을 아름다운 것들로 채우고, 그렇더라도 어두움과 불합리를 모른 척하지 않고, 외면하거나 부정하지 않으며 앞으로 나아가고 변화의 힘을 더하고 서로에게 용기가 될 수 있을까.

정원의 꽃을 주는 마음

덩굴장미

내 정원에서 키운 꽃을 쓰고 싶다는 작은 로망이 있다. 나의 정원을 갖고 싶다는 말과 크게 다르지 않을 것이다. 내 작은 땅. 땅이라고 하기에도 모자란 손바닥만 한 내 작은 흙더미에 심은 덩굴장미가 꽃을 피웠을 때 그 많지도 않은 꽃송이들이 얼마나 귀하고 소중하던지! 감히 잘라서 쓰기가 너무 겁났다. 그러니 이 귀하고 소중한 꽃을 따서 당신께 드리는 내 마음은 부러 말하지 않아도 줄기에서 꽃잎에서 전해졌을 것이다.

애정으로 화초를 키워 봤다면 알 테다. 그 애지중지 키운 화초의 꽃을 쓱 잘라 누군가에게 준다는 것은 아마 모든 것을 주는 의미라는 것을. 매일매일 물을 주고, 돌보고, 험하고 힘든 날씨를

다 겪고서 피는 꽃을 주는 것은 영혼을 나누는 것처럼 느껴진다. 이 마음을 알아챌 수 있는 이라면 내 영혼 다 꺾어 줘도 아깝지 않을 것이다.

꽃이 무엇을 할 수 있지

양귀비

집중하고 싶을 때 꽃을 보는 것이 도움이 될까, 잠깐 머리를 식히기 위해 꽃을 보는 것이 도움이 될까. 사과를 하기 위해 꽃을 내미는 것이 도움이 될까, 마음을 고백하기 위해 꽃을 품는 것이 도움이 될까.

꽃에는 힘이 있을까. 사람의 마음을 정말로 전할 수 있을까? 마음을 움직일 수 있을까. 어떤 날엔 모두 맞다고 했다가 어떤 날엔 모두 아니라고 한다. 계속 묻지 않을 수 없다.

꽃을 받는 사람

델피늄과 장미, 수선화가 들어간 다발

멀고도 가깝게 느껴지는 스크린의 배우, 가수, 연기자, 정치인, 기업가…… 아무래도 보통 사람들보다는 꽃다발을 받을 기회가 더 많은 사람들을 위해 만들 때가 있다. 수십 수백 개의 꽃다발 중에서도 기억에 남는 꽃다발이길 바란다. 아름답기만 한, 받는 이에게 기쁨을 주고 싶다는 마음이 담긴 수많은 다발들 중에서도 내가 만든 꽃다발이 가장 아름답고 가장 커다랗고 가장 빛나고 가장 오래 기억되기를 원하는 욕심! 나를 지치게 만들어도 당신을 기쁘게 만든다면 그저 좋을 뿐이다.

그것은 꽃일 겁니다

아네모네

당신에게 무엇인가 준다면 그것은 꽃일 테다. 꽃밖에 줄 것이 없지만, 꽃은 내가 줄 수 있는 가장 좋은 것이다. 그리고 꽃도 그것을 알 것이다.

사랑을 담아서

궁금하다. 꽃을 사러 오시는 분들은 다 어디에서 나타난 걸까. 어디에서 누군가 나에게 보내고 있는 것은 아닐까. 내 인생에 꽃이 이렇게 많았던 적이 없었기 때문에 꽃을 찾는 사람, 꽃이 있어야 하는 자리가 이렇게 많이 있는 것이 새삼 신기하다. 어디에서 이 많은 사랑이 나타나는 걸까.

아낌없이 준다

'아낌없이 준다'라는 말을 꽃을 통해 배웠다. 이상하게 꽃을 곁에
두고 있으면 마음이 누그러지고 모든 것을 다 나누어도 아깝지
않은 상태가 된다.

매번 챙겨 주고 싶고, 꽃을 더 주고 싶어 안달 난 사람처럼 항
상 더 큰 꽃다발을 만들어 버리고, 더 예쁜 꽃을 주고 싶고, 꽃을
더 아름답게 더 오래 더 기쁘게 봤으면 좋겠다.

꽃을
더 아름답게
더 오래
더 기쁘게
봤으면 좋겠다.

chapter 3.
어떤 순간의 꽃

나의 불안을 진정시켜 줘

헬레보루스

세상의 로맨틱이 다 어디로 갔을까.

세상사 힘들고, 여기서 치이고 저기서 치이고 스트레스가 쌓이고 어떻게도 풀 길은 없고, 이것도 생각하고 저것도 생각하면서 아무의 기분도 다치게 하지 않는다는 게 가능할까? 그런 건 없고 필요하다면 날카로운 말을 해야 하고, 그리고 그 말에 대해서 후회도 하고, 너그럽지 못한 내 못난 모습에 실망도 하고. 왜 자꾸 실수를 하는지. 돌이킬 수도 없고 책망할 수도 만회할 수도 없을 때. 이런 나를 다독여 달라고 설명할 기운도 없다.

Hello hellebore! helleborus, christmas rose. 헬레보루스. 크리스마스로즈. 연약하게 생겼는데 이름에 'hell'이 들어가서 좋아한다.

굽어 있어 얼핏 보기에 시든 듯하지만 질기고 오래간다. 추울 때 눈 속에서도 핀다고 해서 '크리스마스로즈'라고도 불린다.

　꽃말은 '나의 불안을 진정시켜 줘.' 굽은 듯 약한 듯 질기게 아름다운 이 꽃을 곁에 두고 힘을 얻길.

꽃병이 아니라도 좋아

아네모네, 동백, 라넌큘러스

어느 날 갑자기 집에 꽃을 꽂아 두고 싶을 때, 제대로 된 화병이 없어 망설여질 수 있다. 물만 담을 수 있다면 아무것이라도 상관 없다. 어제 마시고 남은 맥주병이라도, 짝이 안 맞는 유리컵이라도. 붉은 꽃과 초록 잎사귀면 아무것이라도 좋다.

내 존재가 희미해지는 순간들

물망초

피나 바우슈의 〈스위트 맘보〉 공연에서 처음 등장한 무용수가 말한다. "내 이름은 레지나예요. 레.지.나. 나를 잊지 마세요."

어느 날에는 내가 투명 인간이라도 된 것이 아닐까 싶다. 깜빡 두고 나온 핸드폰을 열심히 찾았지만 쓸데없는 연락만 잔뜩 와 있다든가, 일만 하다 보니 아무 하고도 대화다운 대화를 해 본 지 오래되었다든지. 열심히 준비한 아이디어가 별 공감을 받지 못하고, 용기 내 말한 의견이 주목받지 못할 때도 있다. 내 존재가 슬금슬금 희미해지는 순간들. 뭐 이렇게 잊히는 것도 나쁘지 않지, 라고 생각하지만 그래도 잊히는 것은 슬프다.

그럴 땐 물망초.

물망초가 어떻게 생겼는지는 모르더라도, '나를 잊지 마세요'
라는 꽃말은 널리 알려져 있다. 영어명이 forget me not, 한자로도
잊지 말라는 풀勿忘草이니. 한 청년이 연인과 함께 걷다가 강가에
핀 신비로운 꽃을 발견하고 물망초를 꺾어 주려다 강물에 휩쓸리
나, 꽃만은 전해 주고 '나를 잊지 말아 달라'는 말을 남겼다는 슬
픈 전설이 있는 꽃.

　물망초를 한번 본다면, 이 아름답고 약하며 귀엽고 신비로운
꽃을 잊을 수 없을 것이다.

내 하루의 처음과 끝에 인사를

마릴린먼로 장미

잠들기 전, 잠에서 깬 후에 바로 보이는 곳에 꽃을 두면,
집에 있는 시간이 짧아도 내 하루의 처음과 끝에
인사해 주는 것 같아서 좋다.
향기가 엄청난 화이트 장미, 마릴린먼로 장미는 어떨까.

별이 보고 싶은 날

별소국

별소국.

별들이 모여 있는 것만 같은 꽃

어쩌다 꽃을 보고 별을 떠올렸을까.

별이 보고 싶은 오늘은 분홍 별.

주문을 외워

디기탈리스, 작약, 델피늄

기대하고 있는 일이 잘되기를 바랄 때, 기도든 주술이든 뭐든 하고 싶을 때. 이런 꽃은 어떨까.

마법 책에 나올 것만 같은 디기탈리스, 화려한 색의 작약, 델피늄 조금. 마치 묘약의 재료 같은 조합. 이 꽃을 들고 나지막하게 주문을 외우면, 모두 다 잘되었으면 좋겠다.

그리고 주의. 디기탈리스의 잎은 심장 수축 세기를 증가시키고 심장 박동을 조절하는 효과가 있어 심장 질환을 위한 약으로 오래 사용되어 왔다. 하지만 디기톡신이라는 성분은 맹독성분이기 때문에 처방 없이 약용으로 사용하면 안 된다.

작은 것들을 알아보기

하이베리쿰

가르마가 바뀌었다. 단추를 잘못 꿰었다. 스티치가 예쁜 셔츠를 입었다. 왼손에 뭔가 묻어 있다. 볼이 발갛게 상기되어 있다. 숨소리가 가쁘다. 신발에 흙이 많이 묻어 있다. 스웨터에 고양이 털이 붙어 있다. 어깨에 맨 가방이 무거워 보인다. 즐거운 약속이 있는 것 같다. 여기까지 오면서 길을 헤맨 것 같다. 더위에 지친 것 같다.

　누군가의 작은 것들을 알아보자. 하이베리쿰의 열매, 그리고 노랗고 작은 꽃을 알아보는 것처럼.

좋은 것을 알아보는 눈

헬로보루스, 델피늄, 제니스타

달콤한 말들을 속삭이는 것을 감언이설이라 한다. 나는 감언이설에 재주가 없어서 '이건 이렇다 저건 저렇다' 너무 꾸미기보다는 바로 본론을 이야기하는 편이 좋다고 생각한다. 그럴싸한 말로 포장해 봐야, 결국 진심이 아니거나 사실과 다르면 실망할 수도 있고 신뢰를 잃거나 마음을 다칠 수도 있다. 그 뒷감당은 어떻게 하려 하지? 조금 재미있자고 부풀려 말하는 것이 좋을 수도 있다. 이런 것들이 절대로 나쁘다는 것은 아니다. 어떤 때는 양념이나 향신료를 잘 쓰는 사람이 부럽기도 하다. 양념도 향신료도 알아야 잘 쓰니까. 그렇지만 우선 나는 좋은 재료를 알아보는 눈을 갖고, 신선한 재료로 간단한 요리를 하고 싶다.

멋대로 살고 싶다

스카비오사 옥스포드

휘청휘청 마음대로 그려 놓은 선 같은 줄기를 가진 스카비오사.
가느다랗고 고불고불한 줄기에 동그란 꽃 머리가 장난스러운 말
괄량이 같다. 들판에 흐드러지게 핀 들꽃을 한 줄기씩 꺾어 온 것
같기도 하다. 이렇게 멋대로 생긴 줄기를 바라보고 있으면 나도
저렇게 마음 가는 대로 살고 싶다는 생각이 든다.

　줄기가 잘 보이게 꽂아 둬야지. 동그랗고 귀여운 꽃을 보면 기
분이 좋아진다. 꽃 모양이 마치 핀을 꽂는 쿠션처럼 보이기도 해
서 '핀 쿠션'이라는 별명으로도 불린다.

걱정하는 당신에게

장미

걱정하지 않아도 될 일을 걱정하거나 일어나지 않을 수도 있는 일에 대해서 걱정하기 때문에 너무 많은 에너지를 써버려 스스로 지칠 때가 있다. '걱정하지 않으면 걱정할 것이 없을 텐데'라는 말도 있는데, 걱정할 일을 왜 애써 만드는지 모르겠다. 그럴 때 장미가 끝까지 피는 것을 지켜보면 왠지 힘이 난다. 꽃은 활짝 피는 것을 전혀 걱정하지 않는 듯하다. 조금씩 조금씩 피워 나가는 꽃잎의 텐션을 살펴보면, 아 그래 너도 애쓰고 있구나, 그리고 겁도 없이 걱정도 없이 피어나고 있구나 하는 것이다.

사실 장미가 아니더라도 꽃잎이 많은 꽃이라면 어떤 것이든 피는 모습을 지켜볼 때 같은 기분이 들 것이다.

봄에 듣는 꽃의 소리

생강나무

서울에서는 어딜 가도 소음이 있거나 빠른 비트의 음악이 흐른다. 오차원에서는 아무 음악도 듣지 않을 수 있어 꽤 편하다. 혼자 열심히 물통의 물을 갈고 바닥을 쓸고 하다가 얼마간의 정적이 흐를 때 '투툭' 하는 소리가 들린다. '툭' 하는 소리도 들린다. 목련이나 작약처럼 커다란 꽃은 필 때 '투둑' 하고 큰 기지개를 켜는 소리가 나고, 질 때에도 '털썩' 떨어진다. 생강나무나 산수유는 '토도독' 하고 핀다. 꽃이 피는 소리를 늘 들을 수 있는 것이 아니라 깜짝 놀라기도 하고 웃기기도 하다. 이른 봄의 생강나무(산동백나무)는 특유의 향이 마음을 편안하게 해 줘 더 반갑다.

여름의 끝, 마음이 들뜰 때

라벤더의 잎

꽃보다는 덜 친숙한 라벤더의 잎. 라벤더가 흐드러지게 핀 앞뜰을 갖고 싶을 때가 있었다. 오차원에 커다란 라벤더 화분을 너댓 개 가져다 두었다. 햇살이 너무 뜨거워 힘든 여름을 지나 모두 안녕을 고했다. 그렇지만 가능하면 항상 조금의 라벤더를 오차원에 가져다 둔다. 절화여도 좋다.

라벤더 잎에서 나는 향을 맡고 있으면 마음이 편안해진다. 괜히 허브의 효능, 이런 이야기를 하는 것이 아니구나 싶다. 룸스프레이나 향수로 만들어져 희미하게 변형된 라벤더의 향을 맡을 때와 생라벤더의 잎을 쓰다듬을 때 나는 향은 분명 다르다. 라벤더가 잔뜩 핀 앞뜰을 상상하게 하는 아주 작은 나의 라벤더 잎 한 줄기.

가을이 기다려진다

꽃은 볼품없지만 열매가 아름답고 말라도 색 변화가 적은 편이라 가을이 되면 기다려지는 노박덩굴. 그래도 꽃인데 볼품없다고 말하기 미안하고 조심스럽지만 꽃이 작으면 어때, 아름다운 열매가 있는데. 잎사귀가 조금 허전하면 어때. 아름다운 꽃이 있으면 되고. 그도 저도 아니라면 또 그 나름대로 매력이 있을 것이다. 그저 천천히 시간을 들여 살펴보고, 아낄 수 있게 준비를 하면 된다.

　노박덩굴은 약효가 있어 약재로도 인기가 높다.

가을의 낮과 밤을 달리아와

달리아

달리아가 잔뜩 핀 정원에서는 마음을 고백하는 편지를 쓰게 될 것이다. 밤빛에 비친 달리아는 당신의 마음을 죄다 흔들어 버릴 테니. 햇살에 비친 달리아는 당신을 반성하게 한다. 가을의 달리아. 어쩜 이름도 달리아.

추운 겨울에 따뜻한 술처럼

추운 겨울에 따뜻한 술 그리고 따뜻한 손과 얼굴. 다정한 인사. 그리고 부드러운 색의 라넌큘러스.

라넌큘러스의 꽃잎은 약 300장 정도라고 한다. 그리고 그 많은 꽃잎을 아낌없이 다 보여 주려는 듯 핀다. 매서운 바람이 무섭지만 그럼에도 겨울이 기다려지는 이유 중에 하나는 겨울 꽃을 만나는 즐거움이 있다. 겨울날 마시는 따뜻한 술이 몸을 덥히고 일상에 열기를 가져다주는 것처럼.

하늘하늘한 라넌큘러스는 약해 보이는 겉모습과는 다르게 수명이 길고, 긴 겨울에 생기를 가져다주려는 듯 화려하게 핀다.

새로운 시작을 앞두고

목련

나무에 피는 연꽃이라 해서 나무 목木, 연꽃 연蓮이다. 초등학교 때 교정에 목련 나무가 있었는데 새 학년이 시작할 무렵이면 늘 목련이 흐드러지게 피곤 했다. 새로운 시작을 함께했던 목련. 봄을 기다리는 마음으로 찾아본다.

연꽃에 용서를

연꽃

실수하지 않는 사람이 어디에 있겠냐마는 절대 실수하면 안 되는
일도 있을 수 있다. 그러나 어디 사람이 하는 일이 완전할까. 그
저 실수가 반복되지 않기만을 바랄 뿐이다.

아무리 노력해도 없어지지 않는 구멍 같은 게 있는 것은 아닐
까 하는 생각이 들 때가 있다. 그러면 결국 힘이 빠지고 만다. 나
는 어디에 용서를 빌면 좋을까. 그럴 때는 용서를 빌고 싶은 꽃,
연꽃. 아마 부처님의 마음으로 용서해 주시지 않을까.

나의 공간에 있지 않아도 좋은 것

런던의 식물원

최근 몇 년 사이의 여행에서 조금 달라진 것이 있다면 가는 도시마다 정원, 식물원, glass house, palm tree house…… 이름이 뭐라고 불리건 'botanic garden'에 가는 것이다. 들어서는 순간 가득 차는 초록과 풀 냄새. 잘 가꾸어진 정원에서만 느낄 수 있는 풍요로움. 여러 가지 수종을 박물관처럼 늘어 놓았지만 분명 거기에 살아 있는, 현재의 시간을 갖고 있는 식물들. 내 것이 아닌 꽃과 나무를 보러 다니는 것. 절대 잘라서 사 올 수도, 훔칠 수도 없는 거기에 있음으로서 기억될, 돌봄 속에서 그대로 있을 자연.

나의 정원을 꿈꾼다

몇 시간이고 여러 종류의 식물들 사이를 다니면서 익숙한 얼굴들을 찾기도 하고, 위시리스트에 슬쩍 추가하기도 하고, 그저 동경의 눈빛으로 바라보기도 하면서 언젠가 만들 나의 정원을 꿈꿔 본다. 그리고 이 식물들에 대한 열망에 대해서, 열망을 지속시키는 노력에 대해 곱씹는다.

고백할 때

탈리샤 장미

꽃의 결점을 찾기란 어렵지 않다. 곁에 있는 시간은 덧없이 짧고, 그 마지막 모습을 정리하는 것은 번거롭기 그지없고, 아름다운 것 이외에는 무용하여 본디 사치스럽고, 너무나도 부드러워 상처 입기 쉬우며, 때로는 향기조차 없으며, 만개하지 못하고 그대로 시들어 버리기도 하니.

가시는 단단하고 날카로워 상처 입기 쉬우나 스스로를 보호할 만큼 강하지 않다. 그렇지만 이 모든 결점을 뒤로하고 그 이상으로 아름다움만으로 아름다움으로서 의미가 있는 꽃.

결점투성이의 무결한 모습으로, 나에게 쉴 새 없이 사랑을 고백하도록 만드는 대상. 그렇기 때문에 내 고백을 대신하는 것으로 나는 꽃을 택할 것이다.

어떤 꽃이어도 좋겠지만 향기까지 완벽한 장미로.

머리가 복잡할 때

잡념이 많이 생길 때, 악으로부터 보호해 준다는 보라색 아네모네를 곁에 둬 볼까. 아네모네의 꽃잎은 춥거나 어두우면 닫히고, 아침이 되면 다시 열린다. 겹꽃잎 아네모네는 보고 있으면 꽃잎과 색에 집중하느라 상념을 잊기 딱이다.

초대

밤의 오차원

밤의 오차원에도 초대하고 싶어요.
내가 잠든 동안 꽃들도 잠이 들까요.

잠들기 전, 잠에서 깬 후,
바로 보이는 곳에 꽃을 두면,
집에 있는 시간이 짧아도
내 하루의 처음과 끝에
인사해 주는 것 같아서 좋다.

오늘, 나를 위한 꽃을

초판 1쇄 인쇄 2020년 3월 26일
초판 1쇄 발행 2020년 4월 3일

지은이 오유미
펴낸이 연준혁

편집 2본부 본부장 유민우
편집 3부서 부서장 오유미
책임편집 이지예
디자인 김준영

펴낸곳 (주)위즈덤하우스미디어그룹 **출판등록** 2000년 5월 23일 제13-1071호
주소 경기도 고양시 일산동구 정발산로 43-20 센트럴프라자 6층
전화 031-936-4000 **팩스** 031)903-3893
홈페이지 www.wisdomhouse.co.kr

ⓒ 오유미, 2020
값 17,000원
ISBN 979-11-90630-86-3 03810